LE PARANYMPHE DES MVSES AV ROY.

A SON RETOVR DE LA ROCHELLE DANS SA Ville de Paris.

Par I. S. T.

A PARIS,

Chez IACQVES DVGAST, ruë de la Harpe, à la Limace, prés la Roze Rouge.

M. DC. XXVIII.

Auec Permißion.

LE
PARANYMPHE
DES MVSES
AV ROY.

A son retour de la Rochelle dans sa ville de Paris.

AV milieu du jour le plus beau
Que le Ciel aye peu produire,
Ie veux rappeller du Tombeau
Et personne ne peut me nuire:
Ie veux rappeller les esprits
Pour estre de rechef espris
D'vne grandeur plus qu'admirable,
Et voir si parmy l'Vniuers
Rien se voit de plus agreable
Que le Soleil dans les Hyuers.

Ce jour auquel les seches fleurs
Paroissent verdes dans le monde,
Pour mettre fin à nos douleurs
Que le Lis a delaissé l'onde:
Que l'ennemy gele d'horreur,
Ma Muse a repris sa chaleur,
Et de trop de raison blessée,
Elle veut monstrer à la nuict
Qu'elle n'a rien dans la pensée
Que la lumiere qu'elle suit.

Surprise en son intention
A cause de l'incertitude,
Dans l'excez de sa passion
On mesprisera son estude:
On desdaignera ses propos,
Et sans luy donner du repos
Elle se verra recherchée,
Mais personne n'aura l'honneur
De dire qu'elle s'est cachée
Au jour de son plus grand bon-heur.

C'est assez qu'elle ayt de l'amour,
Et que crainte d'estre insolente,

Chez les bien difans de la Cour
Sa parole foit vn peu lente :
Et par vn vœu refpectueux,
Qu'elle offre chez le vertueux
Tout le plaifir de fon ouurage,
A fin que l'on ne penfe pas
Qu'elle manque de bon vifage
Parmy tant de charmants appas.

    Suffit (grand Roy) qu'elle ayme
Dans la liberté qui la preffe,   [mieux
Chanter vos faits victorieux
Dans le defir de fa ieuneffe :
Grand Prince l'honneur des humains
Preftez luy vos Royales mains,
Et receuez fon facrifice,
Puis que perfonne des mortels
Ne peut rien faire de propice
Si ce n'eft deffus vos Autels.

    Preft d'iceux ie viens à genoux
Parmy cefte belle carriere,
A fin que ie parle de vous
Et que ie façe ma priere :

Mon Prince receuez mes vœux,
C'eſt maintenant que ie vous veux
Adorer auec allegreſſe:
Ie veux que la mer & les bois
Bien eſloignez de la triſteſſe
Reſpondent au ſon de ma voix.

Infin vous reuenez vainqueur
Vous rendre au ſein de voſtre France,
Elle a touſiours eu voſtre cœur
Il y a bien de l'apparence:
Vous reuenez dans vos Palais
Les enrichir plus que iamais
Auec le prix de la conqueſte,
Vous diſpoſerez du bon-heur
Et planterez ſur noſtre teſte
A ce coup le laurier d'honneur.

Qui peut ſans vn rauiſſement
Et de ſon ame & de ſa vie
Admirer ce beau changement
Où tout le monde vous conuie
N'agueres le bruit des canons
Et l'aſpect de vos eſcadrons,

Faisoient trembler toute la terre,
Maintenant vos luths & vos voix,
Du bruit d'vne plus douce guerre
Charment les rochers & les bois

    Le Ciel s'éjouït du plaisir
De voftre heureufe reuenuë
Preffé d'vn amoureux defir,
Le Soleil à caché la nuë
Pour luire fur vos eftendars :
Et vos fubjets de toutes pars
Vrais enfans de la douce vie
Dans les plus modeftes defirs
Et l'accord de cefte harmonie
Ne refpirent que les plaifirs.

    C'eft à bon droit que le Soleil
Se mefle parmy cefte ioye,
Qu'il fait là haut fon appareil
Afin que le monde le voye:
Puis que les Anges dans les Cieux
Roulent des airs melodieux
Pour agrandir voftre victoiré,
Et monftrer au Ciel qu'icy bas

Vous estes l'honneur & la gloire,
Et de la paix & des combats.

Chacun redoute vos efforts
Recognoissant vostre courage,
Vous vainquerez tous les plus forts
On le voit à vostre visage:
Puis que le Ciel à ce sainct iour
Vous ramene dans vostre Cour.
Triomphant de vostre Rochelle,
Que l'on tremble de toutes parts
Ainsi qu'a fait ceste rebelle
Au plus simple de vos regards.

Celuy-là manqueroit de foy
Et seroit iugé temeraire,
Il contrediroit à la Loy
Aux yeux mesme du populaire:
Qui ne cognoistroit que vos faits
Sont du monde les plus parfaits,
Que sans vous on perdroit l'vsage
D'aucun remede qui valut,
Et qu'absent de vostre visage
On desesperoit du salut.

Vous

Vous auez fait ce que iamais
pluſieurs Roys dedans leurs alarmes
N'ont peu ny pourront deſormais
Auec tout l'eſclat de leurs armes:
Ce bon Henry, ce cher Valois,
N'a-t'il pas voulu autresfois
Punir ces outils de malice,
Mais au deſſein moins fort que vous
Il en reſerua la iuſtice
A vous, & la gloire pour vous.

Tant d'autres preſts à les punir
Fruſtrez pourtant de l'eſperance,
Tant d'autres dont le ſouuenir
Se perd parmy mon ignorance
Dont le feu, la flamme & le fer
N'ont rien peu dedans cet enfer,
Mais à l'eſclat de vos eſpees
Tous leurs deſſeins enſeuelis,
Et leurs tempeſtes diſſipees
Ils ont bien recogneu les Lys. ſqueurs
Grand Roy, dont les exploits vain-
N'ont rien que de bon & d'Auguſte

Cher objet du monde & des cœurs,
Vous meritez le nom de Iuste;
Puis que l'honneur d'vn Potentat
Est de faire que son Estat,
Soit conduit d'vne paix bien ferme;
Qu'il doit par là se maintenir
Pour demeurer dedans le terme,
De faire grace & de punir.

    Vous estes l'autheur de la paix,
Mais d'vne paix tres-agreable;
Aussi vous aurez pour iamais
Vne recompense admirable:
Car le Ciel vous reserue vn lieu
Pour vous loger en demy-Dieu,
Le cours finy de cent annees,
Apres lequel non seulement
Vous triompherez des iournees,
Mais encore du monument.

    Chacun s'esiouyt de vous voir,
Et le peuple de vostre ville
N'a rien espargné du pouuoir
Que fournit l'amitié ciuille

Vn chacun se pasme au desir
Qu'il a de vous voir à loisir,
A fin de chanter vos merueilles,
Tout le monde baise vos pas,
On ne manque rien que d'oreilles
Pour entendre tous les esbats.

  D'vn chant deuotieux & doux
Et du plus profond de son ame
Ia l'Eglise prie pour vous
Dedans le seing de Nostre-dame:
L'encens de dix milles mortels
Fume dessus tous les Autels
Consacrez à vostre memoire:
Paris admire vos grandeurs,
Et se jouïst de la victoire
que luy fournissent vos faueurs.

  Vous trouuerez dans vos Palais,
Et dans l'enceint de vostre Louure
Des pompes, des ieux, des balets,
Et les musiques que l'on ouure:
On ne voit point de tristes yeux
Chacun y fait a qui mieux mieux.

On se gausse de la tristesse,
On ne vit plus dans la langueur,
On n'ayme rien que l'alegresse
Et les esprits dans la vigueur.

La Seine enchantee des voix
qui raisonnent sur ses riuages
Ou tour à tour les petits Rois
Enuoyent au Ciel leurs ramages:
Vous appelle au contentemēt
De ce petit bruit seulement,
Les bois vous offrent leurs ombrages
Les rochers leurs douces fraischeurs
Prest de vous Diane aux boccages
Vous promet dix milles faueurs.

Les ruës pleines de couleurs
Figurent l'Esté aux campagnes,
Dont l'esmail n'est rien que de fleurs,
Et comme au dessus des montagnes,
On entend le Rossignolet
Chanter sur l'arbre verdelet,
Tout le monde fait des merueilles,
Et parmy tant de beaux esbas

Dont la gloire est sans pareille
On ne songe plus aux combas,
   Des esprits les plus retenus
Aujourd'huy le plaisir s'engage,
Afin de voir entretenus
Mille hommes de leur equipage:
Enfin ie iure le Soleil
De n'auoir rien veu de pareil,
On entend vne melodie
De luths & de charmantes voix
que semblent redonner la vie
Aux brutes mortes dans les bois.
   Le Ciel est en sa bonne humeur,
Voicy le plus beau jour du monde,
On ne voit rien que la lueur
Du Soleil acheuer sa ronde:
Ce jour ennemy du malheur
Par tout est voüé au bonheur,
Grand Roy, que vos vertus sont grandes,
Apres auoir fait tant de fruict
Dignes vrayement de nos offrandes,
La renommée en fait du bruit.

O cent fois fauorable jour!
Où tu nous faits reuoir encore
Triomphant par toute fa Cour
Celuy que tout le Monde adore:
O jour vrayement remply d'appas,
O mon Dieu! pourquoy n'as-tu pas
Donné du loifir à ma Mufe,
Pour reprendre fes fentimens
Dans fa paffion ; tu t'abufe,
Ie veux chanter iournellement.

Si le temps manque à mon defir
Et à celuy de mon eftude,
quelque jour i'auray le loifir
De rentrer en la folitude:
Pour parler d'vn Roy fi puiffant,
D'vn Roy que l'on va cheriffant
Plus que tout le refte du Monde,
I'auray toufiours la volonté
D'efcrire par toute la ronde
Les doux effects de fa bonté

L'incapacité me defplaift,
Et c'eft tout ce qui me tourmente,

Rien de ſes effects ne me plaiſt.
Et c'eſt cela qui m'eſpouuente:
Ie ne puis & ſi ie le veux
Ie fais bien plus que ie ne peux,
Ie neſuis plein que d'ignorance:
N'importe,ie n'y ſonge pas,
Ie vis touſiours dans l'eſperance
De faire mieux qu'on ne croit pas.

   Grand Prince, qui donnez le jour
Au milieu des nuicts les plus ſombres,
Pour honorer voſtre ſejour
Qui faites reuenir les ombres:
Ie vous coniure par mes vers
Teſmoins auec tout l'Vniuers
Du deſir qui me bruſle l'ame
D'excuſer m'a temerité
Qu'elle n'endure point la flamme
Qu'elle peut auoir merité.

   Pour m'acquitter de mon deuoir
I'ay voulu contraindre ma plume
A faire ce que ſon pouuoir
A peu, non dans vn grand volume:

Mais par quelques petits discours
Parmy les pompes de ces iours,
Ie vous ay fait vn Paranymphe,
qui fera voir à l'Vniuers
que non seulement vne Nymphe
Mais vn ver sçay faire des vers.

F I N.